Luz Ribeiro

O NAUFRÁGIO AO MERGULHO

[ou poemas de iniciação]

jandaíra

Este livro foi revisado segundo o Novo Acordo Ortográfico da Língua Portuguesa.

DIREÇÃO EDITORIAL
Lizandra Magon de Almeida

ASSISTÊNCIA EDITORIAL
Maria Ferreira

PREPARAÇÃO E REVISÃO
Equipe Jandaíra

PROJETO GRÁFICO E DIAGRAMAÇÃO
Debs Bianchi | Biancheria

ILUSTRAÇÕES
Mitti Mendonça

Dados Internacionais de Catalogação na Publicação (CIP)
(Câmara Brasileira do Livro, SP, Brasil)

Ribeiro, Luz
Do naufrágio ao mergulho ou poemas de iniciação / Luz Ribeiro.
-- São Paulo : Editora Jandaíra, 2024.

ISBN 978-65-5094-140-6

1. Candomblé (Culto) 2. Candomblé (Culto) - Rituais
3. Poesia brasileira I. Título.

24-240660 CDD-B869.1

Índices para catálogo sistemático:

1. Poesia : Literatura brasileira
B869.1

Aline Graziele Benitez - Bibliotecária - CRB-1/3129

jandaíra

Rua Vergueiro, 2087 cj. 306 • 04101-000 • São Paulo, SP
11 3062-7909
editorajandaira.com.br
Editora Jandaíra
@editorajandaira

dedico cada palavra-mapa
à minha ori
que ela não me permita
esquecer
os acordos firmados no orum
que me esforço para lembrar

antes de saber ser que água sou

luz ribeiro

um dia eu doí muito e quis morrer
e morri um pouco

um dia odara me visitou em sonho e disse:
você sabe que é isso mesmo, né?
não saiu de perto de mim
me deixou pistas
eu vi em sonho um tecido prata

um dia um homem que viria a ser meu irmão
[mais velho
me deu um endereço e um nome
nome de quem seria minha sacerdotisa
endereço que eu também chamaria de lar

um dia senti medo e não corri
com medo eu não quis correr
meu sonho tava ali
eu vi búzios alafiando

o tecido prata de odara
revelando que meu destino com orixá
eu já tinha escolhido e sido escolhida

um dia eu vi amor e cuidado a quem não se
[conhece
mas se reconhece nas tramas das histórias
[que não são essas

tudo nesse livro se justifica
ao que vivi sem lembrar

um dia aquela que viria a ser
minha iya efun
me explicou caminhos
de como chegar no barracão
noutro ela me ensinou a dizer
"pra ela você diz senhora"

ela deitou comigo
para me relembrar o movimento
de como se pede pra ser abençoada

uma boca generosa
um caminho lento
com passos pressa

ela é uma autoridade
que não embruteceu
sorri e faz piadas
elogia e afaga

um dia sempre acontece
por causa de muitos outros dias
que lembro ou não
por gente que lembro
e quem eu combinei de esquecer

agradeço aqui
à toda minha ancestralidade
benção iya mi yemonja dona da minha vida
benção baba mi oxalufã por se mostrar antes
[de tudo

a benção
à dívida deixada por maria josias
à minha iyalorixá luciana d'oyá, que me ama
[nos momentos que me falta amor
ao meu babalasè kauê d'airá, que tem
[sempre um abraço acolhedor e palavras
[doces
à minha iyaegbé luana d'osun que sorri
[e alegra os caminhos
à minha iyagibonan andreia de yemonja
[que me deu a primeira água de onde
[eu fincaria
à minha iyaefun fernanda que inspira
[parte desse texto e muito da minha vida
ao meu egbome alex por ter me olhado antes
[de sermos casa
ao meu padrinho e babalasé felipe brito por
[me ajudar a chegar em yemonja com
[cuidado e dança
à minha egbe, aos meus mais velhos e mais
[novos
daqui em diante
não seco mais
não mais

Prefácio

Por Fernanda Silva e Sousa [1]

Sem me lembrar da tarefa de escrever este texto, coloquei, depois de acordar cedo e tomar banho, meu fio de mãe Yemonjá. Não uso esse fio com frequência, pois, para mim, ela rege meu coração sempre, independentemente do fio de contas. Porém, quando me sinto triste, desequilibrada, melancólica, com uma imensa vontade de chorar, uso seu fio como uma prece colada no peito e clamo por sua sabedoria e calmaria quando meus olhos ficam turvos e me sinto perdida. E ela me atende como quem diz: "pode chorar que você não vai naufragar". E agora, com seu fio em pescoço, escrevo sobre a arte de sua filha, Luz Ribeiro, muito reconhecida como poeta, atriz e dramaturga, mas que neste **do naufrágio ao mergulho ou poemas de iniciação**, se apresenta em sua essência mais profunda: *iyawo de Yemonjá*. Ao ler

1 Iyá Efun do Ilê Oba Ase Ogodo, doutora em Letras e crítica literária.

seu livro, capturei o que mãe Yemonjá é para mim nos momentos em que mais recorro a ela: um barco onde posso navegar sem temer o naufrágio, mesmo quando o mar está agitado. Sei que chorar é Yemonjá em mim.

No caso do barco de Luz Ribeiro, ao mergulhar profundamente em sua experiência de iniciação num terreiro de candomblé - o mesmo onde sou ekedi e Iyá Efun, portanto, assumo que também estou escrevendo sobre *minha filha* -, ela consegue transcender a dimensão individual e nos permite ver mãe Yemonjá em nós por meio de versos que traduzem, desde uma cosmopercepção iorubá, a beleza em ser (e mostrar-se) vulnerável num mundo que exige - sobretudo das mulheres negras - que sejamos fortes o tempo todo. Não à toa, de braços dados com seu filho Omolu, a *mãe cujos filhos são peixes* nos ensina que lavar as feridas, mesmo quando ardem e não parecem cicatrizar, é o gesto-caminho para que o Sol que há dentro de nós possa brilhar e resplandecer em toda sua Luz.

Em seu livro, que começa com o verso "eu não sei nadar", Luz trilha um caminho em que o não saber é um convite para um mergulho dentro de si em que não se teme mais o naufrágio, pois não se está só do ponto de vista espiritual, tampouco do ponto de vista físico. Há os orixás, os mais velhos, os mais novos, os irmãos de barco, com quem se faz uma travessia em um quarto-útero que transborda os limites das quatro paredes e acena que, sim, é possível nascer de novo. Há especialmente um filho, à espera amorosa e paciente de uma mãe que se ausenta por 21 dias - e não para todo o sempre, como nos tempos da escravidão, quando se separava filhos e mães como se fossem peças de um tabuleiro - para voltar e maternar "o menino dos olhos" com sua "quartinha farta" da água infinda do oceano. Nesse contexto, ser vulnerável é poder ser profundamente amada e cuidada no colo-esteira e a cada gota de *ejé* e de *omi* descobrir e nutrir o *asé* de saber-se uma pessoa inteira.

Num barco já cheio, onde Yemonjá, Oxaguian, Oxóssi, Nanã e Logun Edé pairam no ar e olham seus filhos, Luz oferece um lugar em sua esteira para quem lê seus poemas de iniciação não para desvelar o *Awo Òrìsà* - o segredo dos orixás -, mas para compartilhar o asè de todo recomeço, renascimento, renovação para quem se entrega de coração aos novos caminhos da vida, pronta para acolher as alegrias e os desafios que aparecem. Ecoando o tilintar do adjá, o balido da cabra, a toada das rezas, cada verso de Luz anuncia que, sim, outro mundo não é apenas possível, como também já existe, um mundo onde todos se abaixam e estendem as mãos em respeito a uma mulher preta quando ela dança para seu orixá, onde um homem preto grande pode amar e cuidar de toda uma comunidade, onde mães são sagradas, onde se abençoa e se é constantemente abençoado. E, nesse mundo transformado em poesia, Luz mostra que a liberdade tem sabor de mar, tem cheiro de mata, tem cor de barro, bate asas como um pombo branco e carrega o frescor de um orixá menino.

Quando muitos números ainda infelizmente atestam que as mulheres negras são as maiores vítimas de uma série de violências, **do naufrágio ao mergulho ou poemas de iniciação**, de Luz Ribeiro, não simplesmente contraria as estatísticas, mas propõe outro modo de contar o tempo que se configura como outro modo de contar a vida negra, que se refaz, se reinventa e renasce como modo de (sobre)viver, como vemos na "octagésima oitava gota" de seu livro:

33
búzios
de vida
y contando

eu que achei
que morreria cedo
renasci

Agora com 36 búzios, Luz Ribeiro, filha-peixe, sabe, sim, nadar, e saímos de sua leitura querendo contar não anos, mas búzios, onde cabem todo o desejo de vida longa com saúde para todas nós. Adornada de búzios e lágrimas, esta amada *iyawo de Yemonjá* nos revela que Yemonjá não é só a *mãe* de todos os oris, mas a mãe de todos os seus versos. Afinal, orixá também é poesia em **do naufrágio ao mergulho ou poemas de iniciação.**

blue

eu não sei nadar
é isso que dizem
meus pés
minha cabeça
meu pulmão
minha mão
meu coração
parece que não saber nadar
me faz não caber, duvidar, temer
e ainda assim
eu sinto que tá tudo pra mim

de tanto não nadar
me acostumei com o chão
nado na contramão
contradição
eu,
baleia em bipedia
preta, mas a comunicação
é blue

~~[possuo~~
~~todos os segredos~~
~~do mundo na minha boca.~~
~~minha palavra é doce encantaria~~
~~baleia canta todo dia]~~
ouviu?

(só baleias
outras entenderiam)

sou a maior da minha espécie
um metro e sessenta e sete

sei que meu tamanho
e negrura assustam
mas é só encantaria

mandinga feita no espiráculo
com força de pedra mordida
ejé na fronte
quartinha farta

você não entenderia

nadar na palha
olhar o céu através do
amianto em toda água
beber do oceano

você não entenderia

o poder da frase
"essa é minha"
nunca ter escutado
e saber como o ilá
se pronuncia
orunkó sonhado
magia profecia

você não entenderia

como é não saber
nadar e nadar todo dia

segunda gota

meu despertar
é mais cedo

terceira_gota

quando choro
curo um pouco
mais rápido

quarta gota

manter meu corpo
deitado na esteira
também é
compromisso e fé

quinta_gota

orixá sabe
o tamanho
e o nome
da minha
saudade

menino dos olhos I

é o sorriso
do meu filho
que garante
dias melhores

queria sonhar
e recordar acordada

mas meus sonhos
me alegram
e ao despertar
somem

retornam em vida
algum tempo depois

nunca sei
se estou acordada
ou sonhando

menino dos olhos II

a minha saudade
ainda cabe
no meu colo

oitava gota

preparar
cada parte
do meu corpo
para comportar
uma pequena parte
de orixá

triz

uma boca
que sabe contar itãs
uma boca
que sabe cantar cantigas
já provou
a delícia
de quem quase
beija o coração
de orixá

desembrutecer

mamãe
me deito nessa esteira
como quem agua
pela sua chegança

como quem treina
os pés para receber
sua dança

ombros rígidos
ansiando o balançar
das águas
- para te receber -

um corpo todo
resgatando a esperança
de te pertencer

conversa à distância com maya I

um pássaro
canta na janela
enquanto escolhi
ficar reclusa

um pássaro
canta na janela
me relembrando
que tudo
que estou fazendo
também se chama
liberdade

conversa à distância com maya II

um dia
alguém sonhou
que eu pudesse
ser livre

tão livre
a ponto
de me permitir
ficar reclusa

ina

sobre fios e pessoas:
às vezes
é preciso
queimar as pontas
para unir
e continuar

ibimo

criar um livro
para colocar
poemas

poemas que já existiam
antes mesmo
de eu nascer

hiato

a mesma fresta
que me acolheu
na primeira vez
que me deitei
neste chão
me acolhe novamente

este chão
outrora desconhecido
ainda desconhecido
porém sonhado

menino dos olhos III

tecer fios
para meu filho
com as águas da minha mãe
que tem por nascente
meus olhos

um presente
banhado em amor
regado com saudades

décima sétima gota

a fé
é um lugar
que não possui
caminho pronto
para chegar

a chegada
até o exercício
da fé
requer percorrer
caminhos novos
diariamente

barco I

sustentar
um barco
com palavras
e afetos

décima_nona_gota

eu sou
um mar
- - eu me navego - -

menino dos olhos IV

saudade
de sentar-se
e ouvir
meu menino
recontar itãs
que ele não sabia
que conhecia

das idas ao mar
nossos reencontros

erê
guarda magias
escondidas

desacelerô

queria relaxar
descansar
como quem aguarda
.
.
.
e espera
.
.
.

eu tenho
todo o tempo
do nosso reencontro
e eu só tenho
esse tempo

ansiar orixá
dançar comigo
eu a levo
enquanto sua presença
me eleva

me curar
com o tempo
entender seu propósito
e fundamento

aprender e encontrar
a lentidão de dentro

d e s a c e l e r a r

uma

basta uma gota
das suas águas
e eu mergulho
em ti

aguada_I

peneirar a palavra
como quem
peneira água

as gotículas
que se recusam
a cair
são essas palavras
que se agarraram
em mim

quando elas minhas
te entrego

eu_sou_ela_no_agora

haverá um dia
que contarão
itãs sobre mim
e minha mãe

o futuro
a outros planos
pertence

aguada II

matéria água
te procuro
acordo cedo
lavo louça
lavo roupa

- - - sedenta - - -

me organizo
em água
para te conversar

vigésima_sexta_gota

quantos poemas
descansam na esteira?

palavra vertida
para a poesia
c
o
r
r
e
r

é um rio
que nasce
em mim
e desemboca
em outras águas

eu mais curada
transbordo palavras
curativas

um poema
que nasce na esteira
é um poema
alvo
livre
puro
e esperanço

a esteira tem a forma do poema
e o poema tem a forma de um sonho

o dia que logun edé me ensinou a dançar

para meu irmão clever d'logun edé

os pés prontos
para dançar
com orixá

um corpo
que responde
a todo saber

sorriso fácil
abraço afável
com paciência
me direciona
em cada passo

me ensina danças
para que com orixá
eu também dance

vigésima oitava gota

para se manter
vinte e um dias dentro
eu preciso ter alguém
vinte e quatro horas fora

preto
foi aqui que eu soube
que você viria
antes de vir

foi aqui
que eu ouvi
sobre a nossa família
que hoje eu vejo
antes dela ser

bem aqui
eu soube
recados sobre fortalecimentos

retorno aqui
para voltar
e melhor ser

orixá sonhou nossa família
e tudo que vivi
foi para viver o sonho
de sonhar com você

02022022

dois de fevereiro
ori se abre
ori recebe
ori se cobre
ori ouve
ori se verte

bori
faz mais mar
de mim

ejé

o calor do ejé
na ori
me coloca
mais perto de orixá
um calor que percorre
todo o corpo
e repousa
no peito

um homem de xangô

para gilberto costa

um homem
negro escuro
carrega palavras doces
como quem carrega
água na peneira

um homem
que se adorna
tem olhar firme
que transmite leveza

um homem
que se ajoelha
e abençoa
em outros momentos
me beija

um homem de xangô
tem os caminhos
para esquentar
minhas águas frias

um homem lindo
que brilha
se enfeita
palavreia infinitudes
que minha alma
clareia

nanã

para minha irmã cristiane amaral

sua pele
tem o tom exato
do barro mais bonito
da sua mãe

sua pele reluz
seu olhar reluz
seu sorriso reluz

minha esteira
acompanha a sua
e se inclina
para ouvir suas histórias

uma partícula
preciosa e única
de nanã na terra

repousa ao meu lado
agora

uma gota pinga e transborda o oceano

eu sou
uma gotinha
de todas as águas
que são minha mãe

e mesmo eu sendo
só uma gotinha
eu sou
minha mãe inteira

trigésima terceira gota

a pressa
faz a gente pular
algumas coisas

às vezes uma folha

algumas linhas

às vezes momentos

que minha pressa
renove a prece
e sendo lento
encontre leito

iroko

alinhar meu tempo
com o tempo
de orixá

orixá é o tempo

agô_yá

embora não pareça
sou uma sereia
de doces líquidos

que pede agô
para nadar
em qualquer água

trigésima_sexta_gota

a chama da vela
quase apagada
insiste em iluminar

que minha luz
brilhe
quando eu
estiver fraca

menino dos olhos V

toda manhã
minha saudade
chama seu nome

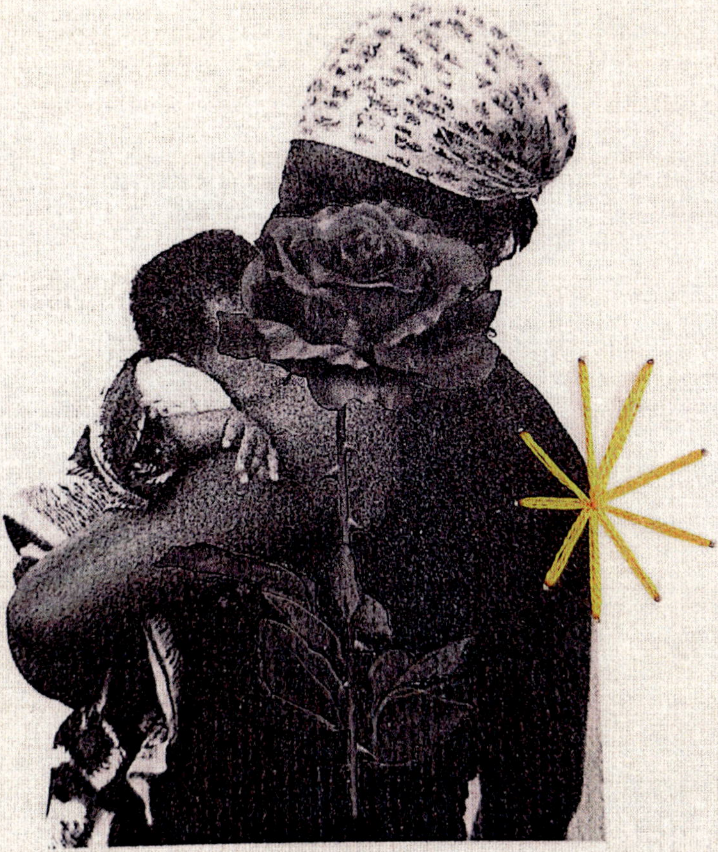

menino dos olhos VI

meu menino
brinca e sorri
ainda que com ele
eu não esteja

enquanto o meu peito
vasculha lembranças
para inventar alegrias

agridoce

quando eu renasci
eu fundi
a água doce
com o mar
que há em mim

acordar

me prometer a iemanjá
para viver
o que ela prometeu
para mim

quadragésima primeira gota

o hoje
não aconteceu
ontem
porque o hoje
já me sabia

reencantar

quando eu
piso na beira do rio
os peixes menores
vem todos me encontrar

minha mãe me reconhece
me anuncia e faz festa
com o meu retorno

eu renasço
e tudo renasce

eparrey

me encontra na porteira
faz vento e me gira

bem-vinda à vida
filha

semente de oyá

para minha ialorixá luciana d'oya

oyá
sua generosidade
sempre me encontra
e encanta

sua ventania
sua brisa
traz calmaria
e esperança

oyá
minha vida
é semente sua

que seu vento
me conduza para terras boas
para que eu possa florescer

o_que_é_meu_tá_guardado

o balido da cabra
pela manhã
me acordou
e relembrou
: meu renascimento
é mais tarde

baba_mi

meu papai oxalá
antes mesmo
do primeiro
movimentar seu
em meu peito
fazia leito

quadragésima_sétima_gota

eu sou
a pomba
pousada no opaxorô
de oxalá

ibi

que oxalá
me apresente a lentidão
e retidão
que necessita
minha mente

certa y certeira

minha poesia
é flecha única

palavraláfiada

palavras certeiras
sejam meus poemas
escrevo
como se só tivesse
essa chance

escrevo
porque sei
que minha chance
é essa

quinquagésima_primeira_gota

assentar orixá
foi o poema mais bonito
que fiz para minha ori

airá

para meu babalasé kaue d'aira

um homem grande
com a cara fechada
que abre os braços
que abre o sorriso
que abre o peito
para aninhar
uma filha em soluços

e abre o verbo
diz afetos
acredita que vai dar certo

e não sai de perto
até o certo chegar

ogã

para meu irmão, ogã kaique d'oxóssi

e quem pode dizer
que teve a alegria
de ver um ogã dançar?

sinto que quando seus pés
se movimentam
o atabaque te reconhece
e toca

sorriso fácil
palavras sábias

o mundo inteiro parou
para te ver renascer

ter no barco
alguém que sabe
usar o timão
auxilia o movimento

me projeto futuro
quando minhas águas
forem dançar
sua mão conduzirá
meu ritmo

meus pés no chão
suas mãos no ar
vibrando infinito
para orixá

verter_poema

acordo todo dia
escrevendo na esteira
sonhos, diários... poemas

por vezes rememoro dizeres
que esta casa conhece

olhando a chama da vela
que insiste em clarear
me clareia a lembrança
de que um dia
minha iya disse
: que escrever sobre ancestralidade
me levaria a novos lugares

e estar aqui
deitada na esteira
de frente para a quartinha
que sabe meu nome

a esteira
que sabe minha forma
a caneta
que reescreve futuros

tenho certeza
escrever para ancestralidade
me fez ir mais longe
do que previ

eu cheguei no dia
que renasci

pretinha

vez que ouço
"baiana" do emicida
fico parada nos versos
que são para minha mãezinha

que alegria
olhar pra baixo
e ver entre meus fios
um colar de conchinha

voltar alguns dias na memória
e rememorar pipoca
e saber que ela
também é pretinha

irmã de oxaguiã

para meu irmão gustavo de oxaguiã

eu vi oxaguiã
dormindo do meu lado

a mão esquerda
na direção da cabeça
com idés faziam molduras
para seu rosto

a direita
em volta da cintura
seguindo seu contorno

um príncipe
envolto de alvos lençóis

marcas de guerra
em seu rosto
um rosto tranquilo
de quem venceu

arruma o contregum
e retorno ao sono

eu acordei e vi
oxaguiã recém-nascido
do meu lado

o último a nascer
e o primeiro
que eu vi acordar

ogunhê

para meu irmão ebomi
renato correia de ogum

um homem de ogum
para na porta
e faz sentinela

apaga a luz
sussurra "amo vocês"
quase inaudível

eu abro os olhos
e ainda vejo sua sombra
o homem vai
ogum fica

inaudível

o corpo
que não repousa poemas
só repousa

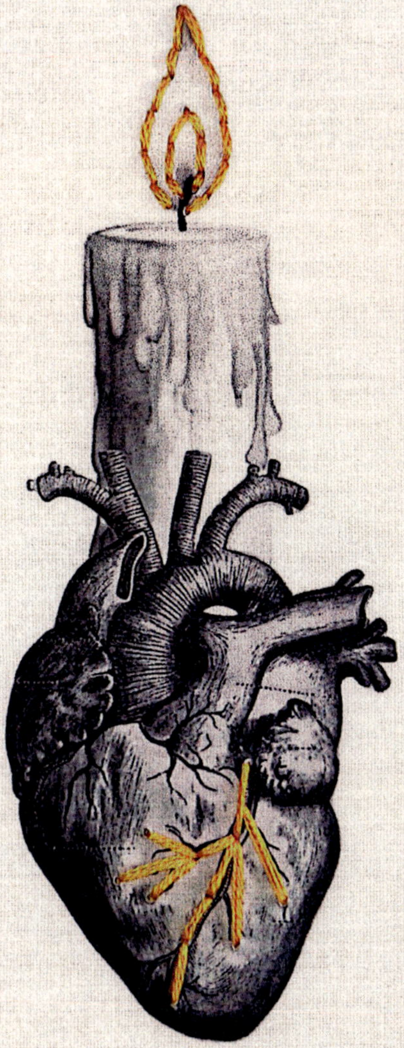

aquentando

a vela acesa
aquece minha ori
uma ori aquecida
não é uma ori quente

uma ori quente
é só impulso

uma ori aquecida
é o tempo
que planeja
o impulso

o mar caminha

para minha iyajabonan
andréa de yemonja

eu sei da sua chegada
pelo andar
que escorrega direto
para a cozinha

retorna servindo algo quente
e sorrisos
oferta gentilezas

um mar nos olhos
que transborda
os olhos meus

uma filha de iemanjá
reconhece a outra

duminGar

em casa
os domingos
nascem mais tarde

no renascimento
os domingos
nascem mais cedo

sonhando
com os domingos
em casa

sexagésima_segunda_gota

idés
adé
abebé

a matéria
desconhecia os nomes
que minha mãe
me imaginava

sexagésima terceira gota

branco e prata
me ornam
e me transformam
em matéria sonho

secura

uma quartinha
vazia de água
é uma quartinha
cheia de sede

iyá

para minha ialorixá luciana d'oya

uma mãe
dorme na porta
... aguardando ...
um barco inteiro
nascer

um corpo
que gera um barco
é um corpo
capaz de gerar o mundo

ventinho

desde o anúncio
ao nascimento
seu vento soprou
na minha íris janela

desanuviou
e me conduziu
a ver meu futuro

que reluz em prata
verte os joelhos
e renasce
em dança

quem me segura
pelas mãos
faz brisa

poema_eu

ser poeta
é isso
: escrever um livro
para extrair
um poema
.
.
.
eu sou o poema

poema_ele

quando ele me diz
: você é lírica
o poema
é ele

para ouvir no rádio I

domingo ouvindo
jorge ben jor
a vitrola
canta nossa vida

para_ouvir_no_rádio_II

dumingaz
toca no volume máximo
da minha memória

silêncio

entre pensar
e dizer
tem uma enorme
d i s t â n c i a

que eu pouco
percorro

palavra d'água

a chuva
verte poema
quando molha
a terra

florir_pra_ser

5 flores abertas
e 16 pequenos botões
aguardam florescer

me provam
: o que você
ainda vai ser
só você sabe

eu guardo
segredos ancestrais
que não contemplam
os olhos

laroyê

eu não vi
mas eu acho
que exu brincou comigo

sussurrou
em algum lugar
do meu ouvido
que iria me aparecer

cada vez
que eu apertava
os olhos
para não ver

de certo
exu ria
porque ele veio
eu é que não consegui ver

encantada

uma música
habita minha cabeça
e se canta
e melhora o tempo
das coisas

e eu consigo sorrir
e permanecer canção

sou_lar

janela fechada
um simulador de vento
um pássaro ao fundo
traz alento

meu peito palpita
e eu vejo
: há vida lá fora
e aqui dentro

tempoutro

rápida como um ibi
eu sempre chego
no meu tempo
que é certo, não lento

no meu tempo
eu sempre chego

septuagésima_oitava_gota

abro a boca
e rezo
uma cantiga
que nomeio
poema

para me aproximar
de orixá
às vezes revisito
velhas palavras
para reescrever
novas orações

asas

para minha irmã lauana

lidar com uma mulher
de oyá
é saber
que ela carrega
búfalos e borboletas

eu tive a alegria
de sentir suas asas batendo
enquanto você sorria
e pousava na porta

como?

como conter
um desejo
que bate
dois palmos
abaixo do peito?

barco II

quando a tristeza
chega por um
ela vem e leva
um pouco do sorriso
de todos

gélida I

quando o tempo esfria
parece que esfria
algo dentro da gente

gélida_II

esfriou lá fora
ou aqui dentro?

menino dos olhos VII

ben
todos os dias
eu imagino
a nossa rotina

penso se seu gosto
por desenhos mudou
se sua aula voltou
como está por aí

sinto saudade
de acordar com você
te cheirar
e fazer o sol nascer
para o dia iluminar

eu sou uma luz
que sem você
pouco brilha

octagésima quinta gota

orixá
me dá novas vestes
e se renomeia em mim

orixá e eu
somos únicos

sobre nós

eu sei o nome
da minha mãe
e minha mãe
sabe o nome meu
.
.
.
os segredos dela
eu abrigo
e o segredo dela
sou eu

mais velho

para meu irmão alex d'oxaguiã

quanto tempo
dura um amigo
e como se sabe que é?

quando quase morte
me direcionou a vida
e muito me cuidou
para eu renascer
amigo
é tudo aquilo
que resiste
as lacunas
dos nossos defeitos
e tempos

octagésima oitava gota

33
búzios
de vida
y
contando

eu que achei
que morreria cedo
renasci

octagésima_nona_gota

para babalasé felipe brito d'omulu,
meu padrinho

renasço em dança
me curo de dores e mazelas antigas
de braços dados de omulu
omulu de braços dados a yemonja
e a mim
volto ao ayê
sendo possível

Sumário

10 prefácio
17 blue
20 segunda gota
21 terceira gota
22 quarta gota
23 quinta gota
24 menino dos olhos I
25 menino dos olhos II
26 oitava gota
27 triz
28 desembrutecer
29 conversa à distância com maya I
30 conversa à distância com maya II
31 ina
32 ibimọ
34 hiato
35 menino dos olhos III
36 décima sétima gota
37 barco I
38 décima nona gota
39 menino dos olhos IV
40 desacelerô
42 uma
43 aguada I
44 eu sou ela no agora

46 aguada II
48 vigésima sexta gota
49 o dia que logun edé me ensinou a dançar
50 vigésima oitava gota
52 02022022
53 ejé
54 um homem de xangô
56 nanã
57 uma gota pinga e transborda o oceano
58 trigésima terceira gota
59 iroko
60 agô yá
61 trigésima sexta gota
62 menino dos olhos V
64 menino dos olhos VI
65 agridoce
66 acordar
67 quadragésima primeira gota
68 reencantar
69 eparrey
70 semente de oyá
72 o que é meu tá guardado
73 baba mi
74 quadragésima sétima gota
75 ibi

76 certa y certeira
77 palavraláfiada
78 quinquagésima primeira gota
79 airá
80 ogã
82 verter poema
84 pretinha
85 irmã de oxaguiã
87 ogunhê
88 inaudível
90 aquentando
91 o mar caminha
92 dumingar
93 sexagésima segunda gota
94 sexagésima terceira gota
95 secura
96 iyá
97 ventinho
98 poema eu
99 poema ele
100 para ouvir no rádio I
101 para ouvir no rádio II
102 silêncio
103 palavra d'água
104 florir pra ser
106 laroyê
107 encantada

108 sou lar
109 tempoutro
110 septuagésima oitava gota
111 asas
112 como?
113 barco II
114 gélida I
115 gélida II
116 menino dos olhos VII
118 octagésima quinta gota
119 sobre nós
120 mais velho
121 octagésima oitava gota
122 octagésima nona gota

Este livro foi composto pelas fontes Calder LC,
Cheddar Gothic Rough e Nitti Typewriter
e impresso pela Gráfica Digitop em novembro
de 2024. O papel de miolo é o Pólen Bold
e o de capa é o Cartão Supremo.